박경기 시집

새하얀 고동소리

박경기 시집

새하얀 고동소리

한누리미디어

그대들이여! 앞이 확 트인 시원한 바닷가에 나서보라.

하늘엔 태양이 빛나고 대양으로 이어지는 끝없는 물결의 춤사위, 긴 세월 파도와 해풍에 떠밀리고 깎여 10리 백사장을 이룬 은빛 모래알의 역사, 모래톱을 거니는 내 발 아래 펼쳐지는 그들이 겪어온 세상 얘기, 그리고 그들과 함께 나뒹구는 수많은 어패류 잔해들의 군무.

한 때는 바닷속 깊은 곳에서 모든 생명체와 어울려 주고받으며 살아온 주역들, 지금 막 파도에 찢기고 어패류에 뜯겨 파도에 휩쓸려 나온 아직 생명이 붙은 해조류와 살아남기 위해 갑옷처럼 단단한 껍질로 무장하였어도 이미 오래 전에 하얀 속살마저 모두 앗기고 삶터에서 밀려난 해산물들의 잔재들.

긴 세월 동안 닳고 깎여 본 빛은 잃었어도 오늘도 깊은 바닷속과 하늘과 해변이 맞닿은 바깥 얘기에 넋을 잃은 형상들, 그들이 갈 곳을 잃고 나앉은 모래톱은 대자연 탄생의 정원이며 부활의 무덤이다.

지금도 변함없이 하늘과 땅, 그리고 바다가 만들어 가는 조약돌과 조개 껍질들과 어울려 그게 잠시일지라도 그들과 함께 하는 삶.

무생물은 무생물대로 생물은 생물대로 그들의 실존에 눈과 귀를 기울이면 모든 것이 살아서 무상과 인연의 세상 이치를 가르침에 나는 한없이 작아지는 심정이다.

한 중생으로 태어나 시간과 공간 그리고 인연에 따라 오늘에 이르기까지 드리웠던 무명을 조금씩 걷어내고 지혜의 텃밭을 늘려가듯 일 없는 대자유인으로 살아가려는 나를 찾기 위해 그대들이여, 귀를 기울이자.

새하얀 고동소리가 묻어나는 수많은 모래알처럼 변신하는 수행의 끝자락에 이를 때까지.

2023년 6월

차례

시인의 말 · 8

제1부 | 봄 ―자연을 사랑하며

봄날 아침 · 16 ｜ 안개 머물다 가니 · 17 ｜ 춘신 · 18
봄이 왔으니 · 19 ｜ 봄비 · 20 ｜ 벚꽃 지는 날 · 21
약동의 계절 · 22 ｜ 봄의 서곡 · 24 ｜ 하루의 시작 · 26
봄을 사다(賣春) · 27

제2부 | 여름 ―자연을 사랑하며

비둘기처럼 · 30 ｜ 바다와 산 · 31 ｜ 피서의 다른 맛 · 32
태풍 '나비'가 지나간 후 · 34 ｜ 하얀 연꽃을 보며 · 36
불청객 · 38 ｜ 잠 못 드는 밤 · 39 ｜ 시심 · 40
연못에 내리는 여름날의 비 · 42 ｜ 관조 · 44

제3부 | 가을 −자연을 사랑하며

들국화 · 46 | 만추 · 47 | 석양 · 48
하숙집 창가에서 · 49 | 가을날의 추억 · 50
낙엽이 다 지기 전에 · 51 | 늦가을 풍경 · 52 | 멍드는 농심 · 53
늦가을의 비 · 54 | 낡은 의자에 앉아 · 55

제4부 | 겨울 −자연을 사랑하며

동몽 · 58 | 늦은 시간 찻집에 앉아 · 59
바람 불어 시린 날 · 60 | 소토정의 삶 · 61
아내의 마음 읽고 · 62 | 김장철만 되면 · 63 | 철 잊은 눈 · 64
아직은 아닐세 · 65 | 해맞이 · 66 | 겨울 끝자락에 내리는 비 · 68

차례

제5부 | 연인, 친구, 이웃 －인간을 사랑하며

할미꽃 사랑 · 70 │ 모래 위에 그린 사랑 · 71
지천명 · 72 │ 사랑의 뒤안길 · 74 │ 애정천리 · 76
양파를 썰며 · 78 │ 나이테 헤아리니 · 79 │ 만취 그 후 · 80
안부편지 · 82 │ 풀꽃사랑 · 84

제6부 | 고향, 추억, 향수 －고향을 사랑하며

고향 사람 모임에서 · 86 │ 산 너머 저편 바닷가 · 88
더는 섬이 아니다 · 90 │ 향수 · 92 │ 고향 떠나던 날 · 94
노섬 · 96 │ 내 사는 마을 · 97 │ 그곳에 내가 있었기에 · 98
너도 늙고 나도 늙고 · 100 │ 고향별곡 · 102

제 7 부 ┃ 삶, 행복, 일 —인생을 사랑하며

황혼 · 106 ┃ 가는 곳이 어딘가 · 107 ┃ 남은 삶은 · 108
늙음의 변 · 110 ┃ 사는 일 · 112 ┃ 숲길을 걸으며 · 113
꽃이 말한다 · 114 ┃ 흐르는 강물 · 116
망상 · 117 ┃ 무상 · 118

제 8 부 ┃ 인연, 자비, 수행 —부처님을 사랑하며

목욕탕에서 · 122 ┃ 차 공양 · 123 ┃ 영취산에 올라 · 124
염불 공양 · 126 ┃ 나를 위한 기도 · 127 ┃ 소를 찾는 일 · 128
죽비 맞으며 · 129 ┃ 산사의 새벽 · 130
마음과 프리즘 · 131 ┃ 회갑선물을 받고 보니 · 132

차례

제 9 부 | 여행, 견문, 지구 — 세계를 사랑하며

하노이의 일출 · 136 ｜ 중국 소삼협을 지나며 · 137
열기에 찌든 열차 속에서 · 138 ｜ 장강에 비 개니 · 140
뉴질랜드 밀퍼드 사운드에서 · 141 ｜ 소봉호 선상에서 · 142
상하이 루쉰공원에서 · 143 ｜ 필리핀 바타안의 일출 · 144
산정호수 · 145
명사산과 월아천 · 146

제 **1** 부

봄

‒ 자연을 사랑하며

봄날 아침/ 안개 머물다 가니
춘신/ 봄이 왔으니/ 봄비/ 벚꽃 지는 날
약동의 계절/ 봄의 서곡/ 하루의 시작
봄을 사다

봄날 아침

봄비 적시고 간 후
고개 살짝 데밀고
살펴보는 어린 싹들

저보다 먼저 꽃을 피워
반기는 매화나무 바라보며
수줍은 듯 미소 짓네

해님도 정겨운 듯
햇살 펴서 보살피는
따사로운 봄날 아침

안개 머물다 가니

산등성이에 자리 잡은 내 작은 집에
물기 머금은 안개가 자주 머물다 간다

어떤 날에는 잠시 머물다 아침 햇살에 쫓기듯
풀잎에 이슬을 남기고 가고
어떤 날에는 오래 머물다 이슬비를 뿌리다 간다

오늘도 안개는 햇빛과 바람과 숨바꼭질하듯
내 작은 집을 한참이나 맴돌다 갔다

아마 산등성이 넘어 봄이 오고 있나 보다
매화 가지에 맺힌 이슬방울들이
영롱한 구슬이 되어 봄을 맞으려 든다

춘신

춘신(春信)은 멀어 날은 차도
시간은 흘러 셈을 더한다

가랑비 촘촘히 적시는 지엽(枝葉)에는
봄을 머금은 이슬이 영글고
뾰롬히 내미는 초록의 미소가
빗속에 젖어 있다

화신(花信)이 전해지는 일착(一着)의 수목은
매화(梅花)이려니
홍조(紅潮) 드리우고
우수(雨水)에 단장한 봉오리마다
봄을 잉태(孕胎)한 몸매로 배불러 있다

춘신은 멀어 날은 차도
시간은 흘러 봄은 오리라

봄이 왔으니

봄기운 머금은 화사한 햇살이
정겨운 입맞춤으로 보듬는 시간
온갖 푸르름에 섞여
울긋불긋하게 꽃단장한 시야

사슴 목이 되어 긴 기다림 끝에
서서히 밀려드는 격정으로
힘찬 나래짓하는 눈부신 정경

모진 날의 아픔도 털어내고
다듬지 못한 사랑의 깃털도 손질하며
따사로운 양지쪽에 자리 잡고
얼싸안고 입맞춤하고 싶은 아침

길지 않은 청춘의 봄
한 번뿐인 인생의 봄

봄이 머무는 길지 않은 시간
나 혼자만의 독백일지라도
애정에 목마르지 않는
가식 없는 사랑에 취하고 싶다

봄비

봄비 촉촉이 내린다
대지를 적시는 마음이 어머님 품 같다

은빛 물방울 매단 잎새들이
새 생명의 환희에 젖어
가냘픈 숨결 고르며 미소 짓는다

낙수성 고요히 헤아리다가
노곤함을 안기는 졸음결 속에
아련히 다가오는 고운 임 자태

달려 나가 맞으려 하니 꿈이라니
봄비 가슴에 젖고 사랑 빗속에 멀다

시샘하는 비 맞으며 숨어 오는 봄이여
그대 향한 이 가슴 안아다오

벚꽃 지는 날

벚꽃이 눈송이처럼 흩날린다

엊그제 꽃봉오리 맺어
활짝 피기까지
기대와 탄성으로 이어졌는데

그 짧은 환희와 축제의 기억
미처 사라지기도 전에
오늘은 소멸의 길을 간다

꽃비 맞으며 걷는 내 마음
어쩐지 허전하다

약동의 계절

언 땅을 헤집고
어린 싹이 고개를 내밀며
너무 일찍 찾아온 양 수줍어한다

제 가까이서도
하나둘씩 솟아오르며 기지개를 켜는
싹들의 모습에 안도의 숨을 쉬는 양
떠오르는 햇살에 미소 짓는다

이 작은 생명체들의 약동
이게 다 우주의 섭리라니

그래서 얼었던 대지에 생명의 물결이 일렁이며
생성과 소멸을 거듭하는 영겁의 윤회를 실천하는가

찬 겨울 한 철을 못 이겨 절망을 노래하고
어둠이 싫어 탄식하던 이들이여
지금 이 얼어붙었던 땅에서 일어나는 현상을 보라
항상 열려 있는 광명의 문을 탓하지 말라

저 고난의 시간을 떨치고 나선 싹이
화창한 봄날에 우리를 비웃으리니

봄의 서곡

온갖 수목들이 시샘하듯
가지가지마다 새움을 틔우고
꽃봉오리 피워 봄을 전하더니

어느새 활짝 핀 꽃은 지고
또 다른 꽃들이 다투어 피어나
바람에 꽃비를 뿌리기도 하고
봄비에 지기도 하는 속에
초록빛 일색으로 물들어간다

봄은 새로움의 시작이다

긴 겨울의 시린 날들을 이겨내고
대지가 품어내는 온기에
거듭나는 생명력으로 활기차다

따사로운 창가에 기대서니
자연이 굴리는 순환의 바퀴 따라
무상한 삶을 사는 우리네도
계절의 변화에 무심할 수 없음에랴

살면서 맞이했던 수십 번의 봄
새봄은 늘 아름다웠다

지금, 한창 올봄의 향연을 위한
찬미의 서곡으로 가득하다
사랑을 향한 희망의 속삭임에
눈과 귀가 활짝 열려 드는 봄날 오후

대자연의 축복이다

하루의 시작

눈을 뜨면 창문을 열고
밤사이 단절되었던 바깥세상을 향해
내 눈은 망원경처럼 원근에 따라
시야를 조정하며 초점을 맞춘다

멀리 하늘과 산색
넓은 들판의 변화
울타리 안에서 함께 생명을 부지하는 것들

그리고 주변의 움직임에 따라
내 귀도 높은 안테나로 변해
바람소리
새소리
꽃 피고 움트는
자연의 소리에 귀 기울인다

오늘도 변함없이
아침점호를 끝낸 후
내 일상에 든다

봄을 사다(賣春)

중국 산둥성 지난(濟南) 국제공항에서
나는 봄을 샀다네

출국장 한구석에서
서화(書畵)로 삶과 명성을 엮어가는
산둥성 혜민현(惠民縣) 출신의 운봉(云峰) 선생

농익은 홍매화(紅梅花)로 봄을 담은
그가 그린 보춘도(報春圖) 한 폭에서
초봄의 생기를 진하게 느꼈다네

"내가 그 봄을 사리다."
그는 강한 눈빛으로 한동안 나를 읽더니
"그러는 선생을 위해 글 한 줄 담아드리겠으니 값일랑 깎지 마오."

[淡白以明 志寧靜而 致遠之園]—담백이명 지녕정이 치원지원
제갈공명의 글을 빌려 나를 평함이라네

덜 마른 묵향(墨香)의 그윽함을 느끼면서
귀국길에 오르나니
마음은 벌써 봄인 듯 가볍네

새
하
얀
고동소리

제 **2** 부

여름

― 자연을 사랑하며

비둘기처럼/ 바다와 산
피서의 다른 맛/ 태풍 '나비' 가 지나간 후
하얀 연꽃을 보며/ 불청객/ 잠 못 드는 밤/ 시심
연못에 내리는 여름날의 비/ 관조

비둘기처럼

소낙비 적시고 간 백사장

모래톱을 넘실거리며
그토록 소란스럽던 파도도
오늘따라 조용한 아침

숱한 사람들이 남긴 모래 위의 발자국들도
간밤의 비에 씻겨 고운 결을 이뤘는데
젖어 있는 그 모래톱 위에
비둘기들이 아름다운 문양을 그려놓았다

마치 눈꽃 모양의 수많은 물새의 발자취가
자연스레 한 폭의 그림이 되어 눈길을 멈추게 할 즈음

아직도 미완성인 양
꼬리를 질질 끌며
사랑의 술래잡기 놀이에 생겨나는 발자국들

인간도 같은 범주 속에 있음인가
젊은 연인들도 다정히 팔짱을 끼고
모래톱에 발자국을 남기고 지나간다

바다와 산

인생을 끌고 다니는 삶에 따라
젊은 날에는 바다와 맞닿은 곳에서
늙은 날에는 산기슭에 둥지를 틀었다

부서지는 파도, 오가는 배, 나는 갈매기
바다는 언제 보아도 동적이었고
나무와 숲, 바위와 풀 사이로 난 오솔길
산은 늘 정적이었다

바다와 산, 어디가 좋은가 묻는 이가 있다
시공간을 넘어 경계를 허물고 보면
바다는 바다대로
산은 산대로 좋았다

바다와 산은
몸과 마음의 고향이다

피서의 다른 맛

8월의 무더위가 한창일 즈음
가족의 나들이도 버거운 일

파도 일렁이는 해변
숲 그늘진 계곡을 두고
분분한 의견에 열을 올린다
이름난 피서지보다는
실리를 찾는 휴가와 여행

낭만과 추억의 피서보다는
가족 사랑의 열기로 채운다

"할아버지!"
"왜?"
"여기에 데려와 줘서 고맙습니다."
"그렇게 좋아?"

사람의 열기 묻어나고
부족함 없는 문화 공간
호텔의 풀장에서

미운 태양의 열기도 식히고
피곤한 몸과 마음도 씻는다

태풍 '나비' 가 지나간 후

간밤은 천지가 흔들리는
비바람으로 지샜다

아침이 밝았을 때는
언제 그런 소란이 있었냐는 듯
파란 하늘에 구름만 둥둥

깨끗해진 길거리엔
그래도 광풍에 시달린 상처는 남아
나 또 한 번 미약한 존재임을 되새긴다

무수한 우산들이 수난을 당했고
찢어지고 넘어진 가로수들의 아픔도 남고
만신창이가 된 저 큰 간판은
흔들어대다 끝내 내동댕이치지 못해 그냥 됐나 보다

밀리다 밀리다가 갈 곳이 없어
담벼락 밑에 쌓여있는 낙엽들과 오물들을 보며
다시 한 번 대자연의 위력을 셈한다

태풍이 쓸고 간 해운대 백사장엔
또 다른 풍경이 있다
멀기만 하던 대마도를 오늘따라
오륙도 앞에 가져다 놓았다

그토록 기승을 부리던 세찬 파도는
다르게 다듬은 모래톱을 만지며 기죽어 있다
그 뜨겁던 여름날에 어지럽던 발자국들의 흔적은 오간 데 없고
빌딩 숲 넘보는 빠알간 태양
산책 나온 사람들의 얼굴만큼이나 해맑다

오, 맑은 햇빛이여!

하얀 연꽃을 보며

늙음과 죽음을
피해 가지 못함을 누가 모르랴

80고개를 넘어
지난날이 뒤돌아 뵈는 것은
아마도 아쉬움이 남아서겠지

무던히 지우고 버리고 잊었건만
그래도 남아도는 미련
그게 젊은 날의 버거운
사랑의 열병이었네

무덤까지 안고 갈
너와 나의 사랑의 역사
이승에서 못다 맺은 인연의 끈
내생도 외면하려나

툇마루에 앉아
세월 바래기로 한숨 쉬는 여름날 오후

티 묻지 않은 순진한 사랑
자비로운 관음의 모습으로
지금 내 뜰 안에
하얀 연꽃으로 피어 있네

불청객

초여름 한낮
눈부신 햇살을 피해
숲속 그늘을 찾아 자리 잡고 앉으니
한 가닥 시심이 인다

높다란 소나무 가지 위로
하얀 솜구름이 지나고

짙고 옅은 초록 일색의 잎새들 사이로
이름 모를 새들이 지저귀며
소란을 피운다

잠시 떠오르던 시정이 흐려진다

숲속의 주인인 그들은
초대받지 않은 나를 경계하나 보다

그대 숲을 가꾸는 정령들이여
내 잠시 그들의 품에 안겨
좋은 시 한 줄 읊조리다 가면 안 될까

잠 못 드는 밤

피서를 빙자하고
서산 갯마을까지 와서

자연이 펼쳐놓은 돗자리 삼고
대나무 침상 위에 심신을 부려놓으니
몸은 피곤하여 눈은 감겨도
사방엔 피서객들의 소음 잔치

한 장의 모포로 새벽 한기 가리기 버겁고
때늦은 철에 모기향은 웬 말인고

억지로 눈을 감고 뒤척이며
비어있는 내 집의 포근한 침실에
수십 차례 들락날락한 잠을 잊은 긴 밤

살며시 눈을 뜨고 밤하늘 바라보니
낮게 깔린 별들이 초롱초롱

나를 가둘 방 한 칸이 아쉬운 밤
이제야 아느냐고 비웃는 듯 쫑알대네

시심(詩心)

하얀 종이 위에 개발새발
까만 글자들로 나열해 가며
품은 이미지를 그려내는 사람만이
시인은 아닙니다

봄철 얼굴 간지럽히는 바람결에
피어나는 꽃들을 보며
소녀적 추억을 소환하는 당신은
이미 시인입니다

이 여름날에 마루 밑에 누워
혀를 내물고 헐떡이는 삽살개처럼
힘든 인고를 마음으로 그려내는 당신은
시인입니다

파란 가을 하늘을 쳐다보려고
창을 연 당신의 마음은 벌써 시를 쓰고 있으며
노란 단풍잎을 주워 책갈피에 꽂고
바스락거리는 단풍길을 걷고 싶은 당신은
훌륭한 시인입니다

처마 끝에 매달린 고드름과 하얀 눈을 만지고 싶은
추운 겨울날에 따뜻한 화롯가에 앉아 차를 마시며
아름다운 추억의 모닥불을 지피고 싶다면 당신은
순수한 시인입니다

시는 당신과 함께하는 세상의 언어입니다
한 생각 그대로 바라보며 꾸밈없이 동여매는 당신은
마음속에 깊은 사랑을 가꾸는
시로 꾸며진 인생의 다발 그 자체입니다

그래서 당신에게 행복의 초대장을 드립니다

연못에 내리는 여름날의 비

소낙비가 두드리는 격한 난타로
연못은 그 울림에 동그라미를 그리며
군무를 이어가는 여름날

연못 주변의 예쁜 꽃과 푸나무들이
비와 바람에 시달리며 부대끼는데도
넓은 연잎에 내려앉는 빗방울은
일렁이는 잎 위에서 은구슬 굴리다가
더 많은 빗물이 고이면
살며시 고개 숙여 빗물을 비우고

비가 내리는 동안 반복되는 율동을 통해
넘치면 비우고 다시 품는 지혜
그 마음 읽고 한없이 편안해지는 시간

연못에 쏟아지는 소낙비는
속세에 알리는 자정(自淨)의 음성
그 속에 피어나는 복음의 메아리

계속되는 빗줄기에 연못 물은 불어나고

수면 위의 연잎은 청순함을 더하는데
연꽃은 멱감은 여인처럼 싱그러운 오후

관조(觀照)

내 곁에 봄이 와서 머무는가 싶더니
성큼 여름이다

계절의 탈바꿈이
오고 감의 순응을 일깨우니

지수화풍의 기운에 따라
삶을 반복하는 생명체들

꽃을 피우는 풀과 숲을 이루는 나무
인간을 포함한 날고 기는 짐승들
그리고 미시세계의 생명체들

어느 것 한 가진들
멈춤과 거스름도 허용되지 않는
무한한 조화의 세계

이제 와 그 이치 새겨본들
내 나이테를 헤아리기도 힘들고 저문 인생

제3부

가을
— 자연을 사랑하며

들국화/ 만추
석양/ 하숙집 창가에서
가을날의 추억/ 낙엽이 다 지기 전에/ 늦가을 풍경
멍드는 농심/ 늦가을의 비/ 낡은 의자에 앉아

들국화

내가 꺾은 들국화
다발 지워서
그대 가슴 한 아름 안고 거닐 제
산에 사는 꽃사슴이 훔쳐보았지

산들바람 고이 일어
꽃을 흔들 때
그 향기에 취했던 사랑이었네

이쁜 산새 울음소리
가을은 가도
그대 향한 사랑은 푸르러만 갔네

만추(晩秋)

낙엽 지는 고샅을 나 홀로 걷노라면
낙엽이 벌이는 회비(廻飛)의 곡예(曲藝)를
가을의 나래 속에서 본다

퇴색(褪色)하는 시계(視界)의 언저리에
나상(裸像)의 대열(隊列)이 아스라이 밀려와
동경(憧憬)과 잡념이 짝한다

짜개진 여인의 가슴팍처럼
무언(無言)의 의미처럼
격정(激情)의 피날레를 본다

석양

섬돌아 물 따라 수로(水路) 천릿길
객(客)이 된 선상(船上)에 날이 저문다

배 돛을 붉히는 주홍빛 석양(夕陽)
쌀쌀히 일어 드는 만추(晩秋)의 해풍(海風)

안온(安穩)과 휴식과 미래를 샘하며
닻을 내릴 곳으로 나래를 쉴 둥지로

섬돌아 물 따라 수로 천릿길
객이 된 선상에 날이 저문다

하숙집 창가에서

달이 걸린 실버들 주렴인 양
덩그런 대문 밖 늘어뜨린 밤

부모 형제 그리운 추석이건만
나그네 서러움에 가슴 저민다

향리 향해 모은 두 손 수심(愁心) 짙은데
무심한 멍멍이가 객(客)을 말한다

가을날의 추억

코스모스 떼지어 서서
하늘거리는 들길

황금물결 넘실대는 들녘에 서면
잊었던 기억의 퍼즐을 맞추듯
이맘때의 어린 시절로 줄달음치는 회상

익어가는 벼 이삭이 고개 숙일 즈음
빈 깡통 매단 새끼줄 흔들며 새 쫓던 허수아비들
그 속에 날뛰던 메뚜기들하며
그 많은 참새 떼들은 어디로 갔나

저기 저만치
노인네가 몰고 가는 트랙터 소음 때문일까
뭉게구름 틈 사이로 지나는
비행기 소리 때문도 아닐 텐데

후야— 후야—
새 쫓던 시절의 그리움에
추억의 원두막을 짓고 있을 뿐

낙엽이 다 지기 전에

투병중인 친구에게
수필집 한 권을 보냈더니
카톡으로 문자가 왔다

'친구야,
나는 눈이 어두워 글도 잘못 읽는데
자네는 이 나이에 창작집을 내다니
장하고 부럽다 그리고 고맙다.'

차라리 안부 전화나 할 걸 그랬나

'그래, 고맙다 친구야
눈멀고 귀먹고
말문까지 닫히기 전에
웃는 얼굴로 손 한 번 잡아봐야지.'

햇살이 잦아드는 오후
한 잎 두 잎 낙엽이 진다

늦가을 풍경

동구 밖 나서니
칼바람이 분다

마을 어귀의 못 둑에는
하얀 숱을 단 갈대의 춤사위가 장관이고

생기 잃은 너른 벌판 위
흐린 하늘을 배경으로
이때쯤이면 어김없이 찾아오는
떼까마귀들의 군무가 한창

일시에 들판을 검게 물들이다가
먼 들판 가로지르는 고압선과
동네 어귀 고목에 내려앉아 휴식에 들 때면
검은 열매가 주렁주렁

입동 무렵이라 눈발까지 날리니
한겨울로 치닫는 시간
희고 검은 빛의 율동만 살아있다

멍드는 농심

가을걷이 다 끝나고 입동이 지나건만
남 사장네 채소밭에 동그마니 남은 채소
된서리 찬바람에 제 모습 잃어가고

김 면장네 과수밭엔 홀대받는 과일들
거름 주고 가지 치고 애틋하게 키웠건만
어이타 시기 잃어 떼까귀 잔치인가

트랙터나 소 있으면 갈아엎고 싶다는데
홀대받는 과잉생산 농부 탓만 아닐진대
화병으로 곪는 심사 육신마저 병날세라

농비도 못 채우는 쌀농사도 마찬가지
농사일 그만두라 자식들의 아우성에
농자천하지대본이란 옛말 되어 가는구나

늦가을의 비

늦가을에 비 내리고
낙엽 덩달아 쌓여간다

푸른 잎을 지열로 익히던 날
오색의 아름다움을 꿈꾸더니
벌써 나상(裸像)이다

숲은 단풍에 덮이고
길은 낙엽에 흐려도
무심한 가을비 탓할 수 없고
자연의 섭리 따라 순응만 있음이라

가을비 젖은 낙엽처럼
우리의 버겁던 삶 되돌아보면
베풀 줄 알고 버릴 줄 아는
구도자의 길과 다르지 않으리라

낡은 의자에 앉아

나뭇잎 살랑거리는 달빛 고운 밤
마당 한구석을 지키는 헌 의자 하나

서로를 공유할 시간을 위해
누군가를 기다리는 본연의 자세

밤하늘 가득한 별들의 유혹에
잠시 그 위에 내려놓는 육신

무게를 감당키 어려워 삐걱거림에
밤을 노래하던 풀벌레의 곡조가 변하고
적막 속에서도 찾아오는 잔잔한 마음결

헌 의자와 나
나이 먹어 비슷해진
나와 너의 삶을 반조하는 순간

하늘을 가로지르는 별똥별 하나

새
하
얀
고동소리

제<big>4</big>부

겨울

− 자연을 사랑하며

동몽/ 늦은 시간 찻집에 앉아
바람 불어 시린 날/ 소토정의 삶
아내의 마음 읽고/ 김장철만 되면/ 철 잊은 눈/ 아직은 아닐세
해맞이/ 겨울 끝자락에 내리는 비

동몽(冬夢)

나목(裸木)을 보며
나녀(裸女)를 그리고 있음은
너무도 시린 사념의 손끝 때문일까

잎을 죄다 떨구어 버린 실가지마다
솜털 눈을 찍어 바르고
먼 하늘 끝을 향한 달빛 바램으로
목이 긴 사슴이 되어 떨고 섰다

뒹굴어 할퀸 생채기만 남은 낙엽들엔
온 밤을 타고 앉은 찬 서리의 시린 자국이 깊고
토라져 버린 여인의 시퍼런 마음새가 되어
시정(詩情)은 매서움에 떨고 있나니

벗은 여인이여 나목 헤집고 이 겨울에 오소서
그리고 겨울에 잉태하소서

그러노라면
따뜻한 사념을 품은 옥동자가
때맞춘 시간에 태어나리라 기대하오

늦은 시간 찻집에 앉아

한 잔의 찻잔을 앞에 놓고
초대받지 못한 객처럼 외롭다

열기를 뿜는 화롯가엔
간간이 산화(散華)한 물방울의 시신(屍身)이 춤추고
화 단속의 꽃불은 뱀을 닮아 정열을 갈구할 제
무료함에 지친 객은 한 마리의 꿈 많은 파랑새가 되어
비익의 나래를 편다

천연색 추억과 향수와 그리움을 그리느라
닳아버린 몽당연필의 무딘 심 끝엔
흑백의 자화상만 남아
정녕 그리운 이를 기다리는 시간의 셈은 길고
불귀(不歸)의 객인 체로다

거리엔 벌써 어둠에 짓눌린
무거운 적막이 감돌고
희미한 가로등만 추위에 떨고 섰다
이제 돌아갈 시간이다

바람 불어 시린 날

시린 하늘을 나는 한 마리의 겨울새
휘파람을 일구며 깃은 폈어도
갈 길은 멀어 보인다

흔적 없는 짝을 향한 그리움과
둥지에 대한 귀환을 갈구하는 몸부림
거센 바람에 날갯짓이 슬퍼 보인다

그래도 솔개는 넓은 하늘에다
제 영역의 금을 그으며 더 높이 날고
힘겨운 작은 새의 운명이 위태롭다

땅 위에도 슬픔은 있다
얼어붙은 신작로에 영구차가 가고
슬픔에 겨운 이들의 눈물도 언다

앞서 간 영혼은 발 시리지 않으려나

소토정의 삶

입춘 지나 추위 한풀 꺾여
집주변을 돌아보니
내 후반의 삶과 함께한 보금자리
지난 세월만큼 늙어 있다

동향인 선배가 판각해 걸어준
소토정(素土亭)이란 명판엔 빛바랜 흔적 역력하고

뜰을 지키는 한 그루의 나무
흙에 묻힌 한 덩이 돌에 낀 이끼
닳아 번들거리는 문지방
축 처진 전선들의 어지러움
보이는 것마다 그 연륜 곰삭아 있고

늙어가는 내 육신 잊고
무질서로 변해 가는 세상 이치 따라
비우고 내려놓아야 할 시간의 셈
그게 다 내 몫으로 돌아드는 속에
올해도 이어질 소토정의 삶

*소토정(素土亭) : 필자의 거주하는 전원주택

아내의 마음 읽고

안과를 다녀온 아내의 한탄 속에
올겨울 추위는 더없이 시리다

내 몸 중에 성한 곳이 눈뿐인가 여겼는데
그마저 성치 못해 베풀 것이 없다기에

눈 안의 황반에 발생하는 변성으로
시력 저하 유발하는 퇴행성 질환이라

마음먹은 안구 기증
헛꿈 되고 말았다며
눈물조차 말라 버려 마음만 아프다네

맨손으로 왔다가 맨손으로 가는 인생
비록 뜻은 못 이뤄도 허공처럼 맑은 마음

당신이 흘릴 눈물 내 눈에 맺히니
아마도 그건 찬 바람 탓이려나

김장철만 되면

내년에는 텃밭에 배추를 심지 말자
아내의 의견에 딸들도 동조하고
모두의 아우성에 할 수 없이 동의한다

반대하는 이유는 넘쳐난다
가꾸느라 힘들어 하는 아비 걱정
많이도 먹지 않는 식생활의 변화
시장에 넘쳐나는 김장배추와 담근 김치
김장하며 힘들어 하는 식구들
보관하기 마땅찮은 저장시설

모두가 사실이다
논밭을 놀리는 것이 죄짓는 것 같고
노느니 일거리 삼아 하는 일이라지만
텃밭 일구고 가꾸는 일
힘 부치고 고단함은 숨길 수 없다

세월 따라 변하는 현상이건만
반갑잖은 김치통 꾸려 보내며
내년에는 그만둘 약속 지키고 싶다

철 잊은 눈

함박눈이 내리는 겨울의 끝자락

남녘에서는 드문 일이라
양지바른 툇마루에 앉아
눈꽃이 활짝 핀 정원수 바라보며
따뜻한 설록차 한잔 마시고 싶은 시간

하얀 눈이 쌓일수록
머뭇거리는 봄기운처럼
일상에 갇혀 외면했던
흔적 없이 포개진 날들의 궤적을 따라
까치발하고 다가오는 것들

외로움인가 그리움인가

맞이하고 이별하고 반복하는
삭신 쑤시는 통증의 삶 내려놓고
철 잊은 백설의 잔치에
함몰되어 가는 시간

내 앞에 놓인 빈 찻잔을 채워주는 아내의 손길

아직은 아닐세

간밤에 눈비 내린 산마을
찬 기운 서린 깊은 적막감

마음속에 하얀 화폭을 펼치고
나의 존재를 그려보는 시간

주제는 하늘과 땅, 그 사이에 나

밋밋한 하늘에 흰 구름 띄우고
높낮이 다른 먼 산으로 푸른 띠 두른 후에
넓은 초원 따라 언덕배기 동산 위에 아담한 초가 지어
그곳에 묻혀 사는 한가로움 그렸는데
천지인의 조화는 찾을 길 없네

무상한 사계(四季)에 안주하며
나를 잊고 산 것을 왜 몰랐던가

아직 냉기 가득한 기운 속에
나는 새, 피는 꽃을 추가해 본들
마음속 생동감은 멀 것만 같네

해맞이

신년 해맞이를 위해
남해 금산(錦山) 봉우리에 올랐다

가파른 산 정상에 올라
땀을 식힐 즈음

탁 트인 바다 위로
어둠의 장막을 걷고 굼틀거리는 여명

산과 바다와 운해로 이뤄진 흑백의 수묵화가
서서히 붉게 채색되어 가는 순간
하늘과 바다의 경계를 비집고 오르는
눈부신 태양의 용틀임

새것을 위한 소망과
초심을 향한 각오를 모아
합장과 탄성으로 이어지는 축제

보광암 절벽에 서서
중생의 아픔을 헤아리는

키 높은 관음상의 이마에도
이곳에 모여 소원을 비는 모든 이에게도
광명의 빛살이 고루 퍼지는
자비와 사랑이 넘쳐나는 새해 해맞이

*금산(錦山) : 경남 남해군 소재

겨울 끝자락에 내리는 비

겨울 끝자락에
우산 위를 두드리는 빗방울 소리
촉촉이 파고드는 사랑의 숨결 느껴지네

너무도 차갑던 날들
얼어붙었던 마음까지도
그대 사랑의 입맞춤과 부드러운 속삭임에
스르르 녹아내리네

마치 젖가슴 열어
사랑과 자비로 젖 물리는
온화한 어머님의 마음처럼

늦은 겨울에 내리는 비는
봄을 잉태한 대지를 적시고
힘들었던 내 마음까지도 적시니

친구야
여기 모닥불 앞에 함께 앉아
창을 두드리는 빗물의 노래 들으며
따뜻한 생강차 한잔 나누면 좋으련만

제5부

연인, 친구, 이웃

– 인간을 사랑하며

할미꽃 사랑/ 모래 위에 그린 사랑
지천명/ 사랑의 뒤안길/ 애정천리
양파를 썰며/ 나이테 헤아리니/ 만취 그 후
안부편지/ 풀꽃사랑

할미꽃 사랑

어느 잔치에 초대받아 갔더니
낯설지 않은 여인이 거기 있었네

고운 눈빛 가는 미소에
50년 세월이 앗아간 흔적

세상에 하나뿐인 꽃이
하얀 서리 맞은 듯한 모습에
허무함이 안개 되어 눈앞을 가렸네

사랑에 눈뜨고 눈멀게 했던
그 사랑의 기쁨과 열병을 함께 앓으며
못다 피운 순진했던 사랑의 꽃봉오리

피우지 못할 인연의 굴레에 엉켜
가슴속 깊이 박제되고
다시는 부를 수도 들을 수도 없는
둘만의 연가가 되어버린 사연들

모든 지우고 떠나 버린 시간의 흔적
눈가에 작은 미소만 남기네

모래 위에 그린 사랑

해운대 백사장의 모래톱을 거닐다가
문득 옛 생각에 젖는다
둘이서 함께 그렸던 사랑의 하트
오늘은 혼자서 그려 본다

보드랍던 그 손길 따뜻하던 그 미소
태양도 빛났고 수평선을 바라보는 눈동자도 아름다웠는데
시간은 우리를 외면하였다

두 손 잡고 그렸던 사랑의 하트를
파도가 밀려와 지워 버리면
다시 그린 하트 위에 화살까지 꽂았던 사랑의 역사

그날을 생각하며 그려 본 그림 위를
물결이 흔적 없이 쓸고 가 버린다

파도는 오고 가며 흔적을 지우건만
내 가슴에 그리움은 오롯이 남아 있다

'아― 무심한 파도여!
너마저 내 마음을 외면하는가?'

지천명

쉰을 넘긴 나의 분신이
또 한 살을 더했다

50년 전 내 젊었던 날
꽃 피고 새 우는 봄에
심었던 한 그루 나무

사랑으로 기르고
정성으로 다듬으며
함께했던 세월

그런 날들 속에
너는 지천명(知天命)
나는 망구(望九)
나이테만 늘어간 삶의 궤적

나 이제 늙어 시들 즈음
너에게서 나를 찾고
희망과 사랑을 보듬는다

생일을 축하한다
그리고 사랑한다

사랑의 뒤안길

마음에다 새기고
글로도 새기고

너 아니면 못 살고
너 아니면 죽을 것 같아
오직 한 길로 사랑했었네

장미꽃의 아름다움에 가려
가시의 아픔도 몰랐고
연꽃의 청순함에 취해
진흙의 시궁창도 더럽지 않았네

그 티 없이 순수함에
지칠 줄도 몰랐고
그 모진 사랑의 열병에
아픔조차 잊었네

내게도 그런 열정이 있었고
그런 사랑의 역사도 있었네

그러나
지금 돌이켜보면
한갓 지나가는 꿈이었네

애정천리

[喜]
아늑한 포구를 떠나며 노질을 할 때
미풍이 불어 힘을 더하니
뱃전에 와 닿는 잔잔한 물결은 속삭이듯 노래하고
튕기는 은빛 물결은 곱게 춤을 추네
먼 하늘 맞닿은 수평선은 끝 간 데 없고
멀어져 가는 포구 앞의 작은 섬 바라보니
떠나는 흰 돛단배를 배웅이나 하듯이
갈매기 무리의 노래와 춤사위가 정겹네

[怒]
먼 바다 나서니 구름이 하늘을 가리고
바람 비 불어와 굿판을 벌이네
심연의 바다 속을 들춰 보일 듯
풍랑을 일구며 미친 양일세
돛대도 찢기고 삿대도 잃어
가없는 한 바다에 뜬 나뭇잎 같네
무상한 자연의 변화를 탓하랴
미약한 인간의 도전을 탓하랴
폭풍우 지나가면 햇빛 들리라

무심한 하늘이여 잠들어다오
하늘을 우러러 기도드리네

[愛]
어둡던 하늘에 구름 걷히고
서녘 하늘에 물든 저녁놀
멀리 갔던 물새들도 배를 따르니
고뇌 속의 뱃길이 제 길 찾네
돛대랑 삿대 찾아 다듬고 나서
지나간 폭풍우를 되돌아보네

[樂]
생사를 넘나드는 뱃사공의 시련
사랑에 빠져 방황하는 연인의 마음이어라
시련은 비가 되고 바람이 되어
애정 천리 바닷길이 험난했어도
포기하지 않은 믿음은 값진 것이었네
아직도 가야 하는 사랑의 길손
언제나 마음은 뱃사공일세

양파를 썰며

서툰 요리 솜씨로
양파볶음을 하려고
몇 개의 양파를 써는데
자꾸 눈물이 난다

그런 모습을 본
거동이 불편한 아내가 묻는다

"왜 우는데?"
"양파가 나를 울리네."

눈물을 닦으며
안쓰러워하는 아내의 표정에서
괜스레
삶의 현주소를 생각한다

나이테 헤아리니

엊그제 칠순이라며
딸들과 사위들 그리고 외손주들이
재롱잔치를 베풀고
내 나이 먹었음을 일깨울 때
인생의 의미와 행복을 느꼈는데

벌써 10년이 지나 팔순이라니
세월이 나를 속이는 것인지
내가 세월 가는 것을 잊고 사는 건지

걸어온 세월을 존경하고
든든한 버팀목이 되어준 고마움과
제2의 청춘을 응원하다니
나는 쫓기는 기분만 드네

남은 인생 뒤돌아보니
황혼이 반기는 서산에 지는 달 같음일세

만취 그 후

술이 술을 마신다고 했던가
걸어서 왔는지 택시를 타고 왔는지
집 앞의 가로등이 분명했다
땅이 빙글빙글 돈다
도는 것은 땅뿐이 아니다
몸을 가누기 힘들어 가로등을 붙잡는 순간
전봇대가 넘어지려 한다
술은 내가 마셨는데 네가 왜 그래
엉겁결에 손을 놓았는데
전신에 아픈 통증이 느껴졌다
그 후론 기억이 없다

눈을 뜬 것은 다음날 한낮
머리엔 흰 붕대가 감겼고
콧잔등엔 파스가 붙었다
허리와 엉덩이가 욱신거린다
이제야 감이 잡힌다
마누라는 유치원에 갔나 보다
세탁기 속에는 술에 찌들고 피 묻고 흙투성이 된
내 옷가지들이 요동치는 소리가 들린다

용서나 동정 받을 건더기가 없다
더는 각서의 효력도 기대할 수 없다
술이 원수다
그만 마시자고 안 말린 친구들보다는
그놈의 술이 원수다

안부편지

무소식이라도 안 봐도
늘 그렇게 사시고 계시리라 생각하고 있습니다
저도 늙어가고 있음을 알기에
그러려니 하고 살아가고 있습니다
모든 걸 내려놓고 살아갈 나이라서
자연의 가르침이 더욱 가까이 다가올 때가 많습니다
때로는 들판에 나가 여름에 땀 흘린 보람이 있어
노랗게 익은 벼 이삭을 보며
고개 숙이고 살아가야 할 늘그막 인생의 자세를 읽기도 하고
할아버지 보러 온 외손자와 함께
파랗게 웃자란 가을배추 밭에서
벌레를 잡고 잡초를 솎아내는 행위에서
우리가 살아가는 세상에서 불필요한 존재는
제거되거나 퇴출당한다는 생존의 법칙을
애써 가르치려 드는 나의 얄팍한 인성교육이
과연 얼마나 먹혀들는지 스스로 묻기도 합니다
내 아무리 가르치려 용을 써도
그들도 그들 나름의 길을 갈 테지요
같은 하늘 아래 살면서도
시공간을 초월 못 하는 삶을 슬기롭게 삽시다

오늘이 내 인생에 가장 젊은 날이기에
남은 매일은 좋은 일만 생각하고
좋은 마무리로 갈무리하길 기도합니다
생각난 김에 코스모스가 활짝 피어 한들거리는
골목길을 걸어보렵니다

풀꽃사랑

고향을 등지던 날
가장 아쉬웠던 것은

태어나 살던 집과 정든 사람들
그리고 하나
처음으로 사랑을 눈 뜨게 한 여인

긴 짝사랑의 가슴앓이 후에
동련의 아픔을 알았을 때
이룰 수 없는 사연과 이별의 손수건을
함께 가슴에 보듬었던 일

사랑은 내 가슴속에서 피어나도
가꿀 인연은 신의 뜻

떠나가는 고향은 사랑의 텃밭
젊은 날의 애증은 풀꽃사랑

제 6 부

고향, 추억, 향수

− 고향을 사랑하며

고향 사람 모임에서
산 너머 저편 바닷가/ 더는 섬이 아니다/ 향수
고향 떠나던 날/ 노섬/ 내 사는 마을/ 그곳에 내가 있었기에
너도 늙고 나도 늙고/ 고향별곡

고향 사람 모임에서

고향을 떠나 살며
고향을 사랑하는 사람들

살던 마을, 다니던 학교, 흩어졌던 일가끼리
정을 나누는 사람들
애향심 하나로 모여
인연의 끈을 이어
못 잊는 향수의 사랑으로
뜨개질해 가는 시간

더러는 약일 수 없는 긴 세월 지나
향수병에 시달리고 귀향을 꿈꾸네

가벼운 괴나리봇짐 지고
고향을 등졌던 날 엊그제 같은데
반세기 지나도 여전한 마음

거식이 머씩이 이름만 들먹여도
누구네 핏줄인 줄 알 만했건만
서로가 낯선 이방인이 되어가니

고향은 나를 낯가림하네

맑은 하늘 저 산 아래
푸른 고향 바닷가
거기가
여기 모인 사람들의 고향일세

산 너머 저편 바닷가

못 가는 곳이 그립다
비록 거기가 고향일지라도

어릴 적 좋았던 시절 회고하는
식지 않는 향수의 열병

저 바닷가 산 너머 바라보니
고향은 늘 마음속 주인이고
나는 파란 하늘에 떠도는
나그네처럼 한 조각 구름일세

엄마의 품에 안겨 젖을 빨다
포근히 잠든 아기처럼
긴 낮과 밤을 이어온 보금자리
그곳이 진정 그리운 고향인데

지금은 나그네 되어
끝없는 향수에 젖어
외진 한줄기 바램으로
그 이름만 다정히 외고 있다

고향이여
어머니시여

더는 섬이 아니다

크나 작으나 멀거나 가까워도
물에 갇힌 곳이 섬이다

섬 남해로 가는 길목에 큰 여울이 있다
발목만 적시고 건널 듯도 하건만
열 길 스무 길 깊고 험한 물살이라
늘 나룻배 신세를 지고 살았다

강 건너 시집온 여인들이며
뭍과 섬을 오가던 나그네도
걸어서 뭍에 닿고 싶은 소망으로
마음속에 다리를 놓으며 대를 이어 살아왔다

이제 긴 염원의 기도가 실현되어
섬과 육지가 하나로 이어졌다
양팔을 뻗어 양쪽 노량(露梁)의 여울목에
멋진 현수교(懸垂橋)가 버티고 섰다

이제 섬에 산다고 옴츠리거나
육지에 산다고 거드름을 피울 이유도 없다

비가 오나 바람이 불어도
삐거덕거리는 나룻배나 통통배 신세를 지지 않아도
휑하니 걸어서 오갈 수 있게 되니
이전 사람들의 사연은 전설이 되고
이후 사람들에게는 새 역사의 장이 되리니

시간을 따라 정과 사랑의 가교가 되고
공간을 따라 사람과 자연이 소통하는
새 역사를 이어가는 계기가 되리다

다리야 육교야 남해대교야
우리 모두 개통을 축하한다

      *글 쓴 때 : 1973년 6월
      *노량 : 경남 남해군 설천면 소재

향수

따스한 방구석 이불 밑에 묻어둔
곰삭는 술이 괴는 소리

엄마의 정성과 아빠의 기다림에
서서히 토해내는 술내음처럼
향수 묻어나는 내 삶의 기억들

때로는 가마솥에 눌어붙은
누룽지의 고소함으로
더러는 빈 병 주고 바꿔먹던
다디단 엿가락의 풍미처럼
큰 바윗돌 하나 공글러 놓아도
비집고 삐져나오는 그 시절의 추억들

냇고랑 디딤돌 딛고 힘들게 건너
맞은편 언덕에 겨우 올라
작대기 하나로 무거운 지게 벗어 고아 놓고
흐르는 땀 쓱 문지르고
담배 한 대 피워 무는 아버지의 그 쉼터

골목 어귀 우물에서
첫사랑을 낚은 누나의 두레박 얘기

지금도 그러련가
둔치의 나무 그늘에 매여
풀을 뜯는 누렁소의 음매 소리에
닭장 속의 수탉이 꼬끼오로 합창하면
한낮의 햇살이 구름 속으로 숨어들고

나는 가만히 누워
퇴색되어 가는 고향의 옛날을 꾸역꾸역
토해내고 있다

고향 떠나던 날

지금 멀리 떠나가고 있음은
누가 부르는 것도 누가 가라는 것도 아닌데
혼자서 그저 정처도 기약도 없이 떠나가고 있을 뿐이다

하늘은 티 없이 맑다
그래도 바람은 어디서 오는지 나뭇잎은 흔들리고
참새떼가 소란을 일구며 황금 들녘을 지나간다

굼벵이 기어간 흔적 같은 길을 따라
느림보 버스가 힘들게 와서 닿는 시골 정류장엔
나들이하는 사람과 배웅을 해야 하는 사람들의 손짓이 길다
버겁던 황색의 물결이 부지런한 농부들의 손길에
차츰차츰 들녘에서 걷혀 가는 차창 밖의 풍경은
나를 키워 온 어머님처럼 따사로움이 배인다

이제 나는 섬을 떠난다
객선이 와 닿는 항구는
기적 속에 잠을 깨고 와야 할 사람과 가야 할 사람을 가르고
갈매기 울음소리에 붐비다가
해 저무는 바람결에 이별을 가르친다

동그마니 나앉은 섬들을 돌아 멀어져 가는
고향 하늘의 황혼을 본다
지나가는 산하를 따라 아쉬움에 엉그는 향수
다 두고 온다는 것이 어렵구나

약해지는 나그네의 심사에 바다가 노기를 띤다
뱃전은 흰 거품을 물고 내뿜는 검은 연기처럼 숨이 차다
물새가 배를 따르다 되돌아가는 저편으로 아늑한 포구가 보인다
물길마다 정이 흘러 보이는 따사로운 풍경에
나그네 된 것이 서글퍼진다

저무는 가을바다 곱기도 한데
구름 가고 섬 가고 나도 간다

노섬(櫓島)

금산 기슭을 따라
남해도의 끝자락 뫼짓목 가는 길

대양(大洋)을 오가다
잠시
숨을 고르는 파도를 껴안는 앵강만

거기 벽작개 앞에
엎딘 작은 섬 하나

한 시대의 역사와
그때의 주인공이 귀양살이하며
한 맺힌 서러움을 피눈물로 적셨던 곳

400년 전 그 사연을
아는 이 몇이든가

수만 년 세월의 풍파 속에
오늘도 우두커니 자리 지키며
무상함을 일깨우는 그 섬

*노섬 : 경남 남해군 상주리 소재(서포 김만중 유배지)

내 사는 마을

이곳에 자리 잡고 산 지
벌써 15년

웅촌면을 감싸 안은
정족산 솔밭등을 오르다 보면
그 옛날 울창한 산세에 곰이 살았나 보다

무재치늪 오르는 산마루에 앉아
은빛 반짝이는 은현리 너른 들을 바라보면
풍수 어울리는 덕현, 덕산, 은하마을이
산기슭을 따라 길게 팔베개를 하고 누웠다

대를 이어 살아가는 풍요로운 삶터
오늘도 마을 정자나무 아래
터줏대감들의 웃음꽃이 만발하고

들판 가득히 따사로운 햇살
사계절의 풍치가 아늑한 지세
나 여기 오래 머무는 이유라네

*덕현리 : 울산광역시 울주군 웅촌면 소재(필자 주거지)

그곳에 내가 있었기에

언젠가 고향에 가니
이웃 마을 이장하는 친구가
그 마을에 옥동자가 태어났다고 자랑이었다

늙어서 초등학교 동창회에 왔다니까
우리는 더는 후배도 없고
모교는 폐교가 되었다며
부러워하는 눈치였다

지난 반세기가 이런 화두를 안기다니

고향이 그리운 것은
거기 정든 산천이 있고
핏줄이 통하는 정감 어린 사람들이
맥을 이어가고 있기 때문인데

그런 날들이
이제는 파랑새 떠난 둥지가 되어
서글픈 추억의 깃털만 남기다니

하긴 거기서 터 잡아 살았던
조상님들이 말이 없듯이
나 또한 바람결에 스쳐 가는 구름일 뿐

오직 숨 쉬고 있는 이 시간
여기에서만의 넋두리라네

너도 늙고 나도 늙고

타향살이 40여 년
자식들 길러 시집 장가 다 보내고
영감님 눈감은 후 귀향해 사는
80년을 이웃하고 동문수학한
그녀 집 근처를 지날 즈음

건강이 좋으냐고 물었는데
오랜만이라는 얘기를 시작으로
뜬금없이 풀어헤치는 해묵은 얘기들

말벗이 없어
많이도 적조했었나 보다 생각하면서도
동문서답하는 것을 보니 귀도 먹었고
방금 했던 얘기를 또 하는 걸 보니
치매기도 있어 보이는데
일방통행식 긴말에 넋이 빠진다

운전을 핑계 삼아
긴 통화는 멈췄어도
여운으로 남아도는 서글픈 심정

친구여 아직도 미련이 남는가
이젠 훌훌 털어버리고
어릴 적 소풍 가던 즐거운 마음으로
남은 생을 살다가
조용히 양지바른 고향 땅에 묻히자는 말은
차마 할 수 없어
차창 밖 고향 산천만 뒤돌아본다

고향별곡

– 물려줄 유산

푸른 바다를 바라볼 때면
파도처럼 밀려오는 향수

섬으로 태어난 역사 이래로
물을 벗어날 수 없는 운명 속에
천혜의 에너지를 받아 일궈진 성스러운 땅

조상 대대로 뿌리내리고 산 터전
나 역시 어린 시절
왜 그곳에 사는지도 모르고
누가 어떻게 바라보는지 관심도 없이
그 품속에서 대자유인으로 살았던 곳

그러나 세월 따라 문명의 허울에 앗겨가는
고향 산천의 모습을 보니
희비가 교차하는 아쉬움에
절로 기원의 목소리 외치고 싶다

그곳에 발붙이고 사는 이여
진정 고향을 사랑하는 주인이라면

현재의 가진 것만이라도 지키는 일

그런 당신에게
믿음으로 맡기며 입맞춤하고 싶다

새
하
얀
고동소리

제 **7** 부

삶, 행복, 일
― 인생을 사랑하며

황혼/ 가는 곳이 어딘가
남은 삶은/ 늙음의 변/ 사는 일
숲길을 걸으며/ 꽃이 말한다/ 흐르는 강물
망상/ 무상

황혼

오후 시간이면 늙은 내외는
한 시간 남짓 들판 길을 걷는다
거의 매일 같은 길을 오간다
어떤 날은 핸드폰으로 노래를 듣지만
함께 걸으면서도 할 말이 없고
온종일 같이 있어도 대화가 없다

오늘따라 뒤따르던 아내가 묻는다
"우린 무슨 재미로 살지요?"
고개를 돌려 잠시 바라보고
헛웃음만 날리고 가던 길을 걷는다

"여보, 잠깐 쉬었다 갑시다."
그게 침묵을 깨는 방책이다

찬바람 스치는 겨울 들판에 인적도 없고
우리 집이 보이는 언덕배기 뒷산에는
양기 잃은 태양이 노을에 물들고 있다

가는 곳이 어딘가

– 문우 혜산의 영면을 보며

친구들이 하나씩 내 곁을 떠나가네
소꿉장난하던 날에도 갔고
술잔 나누며 청춘을 노래할 때도 갔었네
그럴 만한 이유가 있었지만
운명이라 달래며 보냈었지

쌓여가는 세월 따라 떠남은 잦아지고
어지간히 살았음에 후회는 없지마는
그래도 허무함과 아쉬움에 눈시울 젖네

오늘도 한 친구 떠나갔네
한 번 오면 가야 함이 필연임을 알면서도
어디로 가는지 물었건만 대답은 없었네

다시 돌아오라는 말은 못 하고
가는 곳은 모르면서 잘 가라고 기도만 했네

남은 삶은

하늘에 오르고 싶은 욕망으로
땅에 발붙이고 애쓰며 살아왔고
이제 땅으로 돌아갈 날 머지않았네

더 살고 싶으냐 묻는다면
손사래 칠 마음이 앞서네

눈 흐리고 귀먹어 가는데
내 영혼 하늘나라로 보내고
내 육신 흙이 됨에 후회가 없네

이제 와 뒤돌아보면
오직 내 육신을 위해 노예처럼 살았을 뿐
내 영혼은 늘 불만이었음을 알고 있네

이제 휴식에 들면 영혼은 제 자리를 찾아갈 테니
업보 헤아리지 못해 무거운 짐 지운 탓만 남네

이 세상 소풍 끝나는 날까지
보릿대 벙거지 눌러쓴 채로 작은 텃밭 가꾸며

부자유한 육신 달래 가면서
스스로 만들어 갇혀 살던 울타리 헐어 가리라

늙음의 변

손주 녀석들이 오면 반갑다
할아버지 무릎에 앉아
호랑이 담배 피던 시절의 얘기를 들으면서
긴 담뱃대가 싫어 밀치기도 하고
이마를 간지럽히는 흰 수염을 끌어당기면서
사랑을 독차지하던 왕자 시절은 가고

이제 내가 백발이 되어
그 할아버지처럼 손주를 사랑하고 싶은데
입맞춤 한 번 하고 나서는
TV나 핸드폰에 심취해 눈길조차 외면한다

사람의 정보다 기계의 마력이 우선인 세상
과거의 상실 속에 미래조차 모르면서
내가 할아버지임을 강조할 수는 없는 일이 되었다

오면 반갑고 가면 더더욱 반갑다는데
그래도 오면 반갑고 가면 섭섭한 것은
핏줄이 당기는 내리사랑보다는
그들 속에서 나를 되돌아볼 수 있기 때문이다

손주들아
너희도 할아버지 되는 날 있으리

사는 일

늙은 두 내외는 밥때가 걱정스럽다
삼시 세 때 먹는 일마저 부담처럼 느껴진다

아침에는 빵 한 조각에 커피 한 잔
낮에는 컵라면
저녁에는 삶은 고구마에 김치 가닥
아니면 누룽지
그래도 둘은 불평이 없다

맛집 소문난 집
몸에 좋은 것 입에 맞는 것
먹방을 찾아 즐기던 시절은 가고
주면 주는 대로 있으면 있는 대로
챙겨 먹는 것조차 귀찮아지는 삶을 사네

그래도 먹어야 산다
"여보! 오늘은 뭘 먹을까?"

숲길을 걸으며

홀로 있을 때가 행복하다

홀로 산길을 걷다가
외진 길섶에 피어 있는 작은 꽃 한 송이
도토리 줍다 고개 들어
쳐다보는 다람쥐를 만난다

잠시 그 소소한 아름다움에 취해
그들을 통해 나를 본다
생각을 쉰다는 것
내려놓음과 비움으로
본래 제자리를 더듬는 마음

화두는 답이 아닌 질문의 연속이다
진실로 소중한 것은 홀로 있을 때
일심동체를 느끼는 순간이다

그래서 홀로 있을 때가 행복하다

꽃이 말한다

멀리 가지 마
지금 바로 여기
내 곁에 다가와 앉아
마음 활짝 열고
내 고요 속에 안겨다오

눈으로 아름다움을 보며
코로 향기를 맡으며
귀로 자연의 숨결을 들으면

세상 어디에서도 찾기 어려운
네가 원하는 삶의 행복도
내면의 참된 사랑도
나에게서 발견할 수 있을 테니까

진정 무엇을 원하는지
너 자신에게 진실해진다면
스스로 만든 허상의 울타리를 벗어나
나처럼 자유로울 수 있음을 알 텐데

제발 멀리 가지 마
잠시만이라도 좋으니
내 곁에 앉아
나를 바라볼 수 없니?

흐르는 강물

저녁노을 바라보며 강둑에 서서
흐르는 물 바라보니
생명의 원천임은 제쳐두고라도
순리와 포용, 최상의 선을 가르치니
내 삶을 강물에 비겨본다

시냇물에 멱 감고 가재 잡고 놀던 시절
도랑을 막는 일이 큰일이었지

강에서 봇물을 끌어들여
농사짓기에 땀 흘리던 시절
강둑 쌓고 물 돌보기에 용 많이 썼지

이제 긴 세월 흘러
강물의 고향을 묻는 이 없건만
내 마음 향수에 젖어만 드네

고향의 강물 그렇듯
도랑, 강을 지나 바다로 향하는 물 바라보니
그 흐름 한결같건만
흘러가는 내 인생 무엇으로도 막을 길 없네

망상

높푸른 하늘을 가로질러
솜뭉치로 다가오는 뭉게구름
마음도 함께 가벼워지는 시간

하릴없이 하늘 쳐다보다
오래된 기억의 샘에서 길어 올린
추억이 첨벙대는 두레박질

일렁거리는 물결 속에
미소 짓는 그대 모습

내 마음 그렇듯 그대 또한
같은 생각이려나

방금처럼 느껴지는 오래 전의 일
하마나 잊고도 남을 만한데

샘물에 빠진 하늘과 뭉게구름처럼
함께 허우적거리는 망상
나는 이따금 그렇게 산다

무상(無常)

어젯밤 북상하던 태풍 힌남노가
제주도를 지날 무렵
전해 온 장모님의 위급함

98세의 노령이라 예상한 일이지만
태풍 속에 오도 가도 못 하니
예상치 못한 대자연의 몸부림과
생사의 기로를 헤매는 한 노인의 운명

하늘과 신이 하는 이 두 가지 사건에
잠을 앗긴 긴 밤이 지나고

태풍이 멎는 시간에 맞춰
정신이 드신 것 같다는 소식에
안도의 한숨을 내쉰다

날 밝자 서둘러 찾았더니
언제 그랬느냐는 듯
하늘도 웃고 장모님도 웃는다

엄청난 위력의 태풍이라는 예보로
잔뜩 긴장과 겁에 질렸던 시간과
죽음을 예상하고 허무와 못 다한 불효에 대한
회한의 눈물을 흘린 시간이
금방 제자리 돌아드는 현실을 두고
자연과 인생 모두가
무상함에 잠시 꿈꾸는 시간이었다

새
하
얀
고동소리

제**8**부

인연, 자비, 수행

– 부처님을 사랑하며

목욕탕에서/ 차 공양
영취산에 올라/ 염불 공양/ 나를 위한 기도
소를 찾는 일/ 죽비 맞으며/ 산사의 새벽/ 마음과 프리즘
회갑선물을 받고 보니

목욕탕에서

오늘따라 눈이 내려서 그런지
신불산 등억온천로 대중탕엔 객이 적다

열기 품어내는 탕 속에 들어 주변을 둘러보니
김이 가득히 서린 온탕 옆에
큰 스님이 동자승의 등을 밀고 있다

깨끗하게 씻기려는 스님의 손길에
하마나 끝날까 딴짓하는 동자승이
마치 할아버지와 손자처럼이다

냉탕 온탕을 넘나들다 불현듯
승과 속의 갈림길을 헤아려본다

내 맘속에 잠자고 있는 그 어린아이
동자승의 천진함과 무엇이 다르리

육신의 때를 벗길 때도 저러한데
마음의 때는 어떻게 씻고 벗으려 하는가

차 공양

산사의 법당에 앉아
스님께서 끓여 주는 차 한 잔에
자비심 감도는 차 향기에 젖는다

차 한 잔에도 세심의 가르침이 있고
한 잎의 차 속에는 구도의 길이 있다

한 잔의 차 공양에
그 멀고 험한 고행 속의 만행을 보라

엄동설한을 겪고 어린 순으로 피어나는 순간
무정하게 꺾이는 아픔과 열기와 압력 속에 들볶임의 고통
화탕지옥 속에서 육신을 불사르며
모든 것을 버리고
오직 보시의 정신으로 거듭나서
보살의 길을 걸어 승화한 감로수

한 생각 거기서 멈추고 감사함을 느낄 즈음
옛 어른의 선문답에 절로 고개 숙인다
"모든 생각 내려놓고 그냥 차나 한잔 마시게."

스님도 웃고 나도 웃는다

영취산에 올라

모든 경전 중의 왕이라는
법화경을 설파한 님의 흔적을 찾아
라즈기르 영취산 정상에 올라
큰절 드리고 무릎 꿇었네

회삼귀일(會三歸一)
무량수불(無量壽佛)
불교를 꽃피운 성지

내가 이곳에 와서 도를 물어도
답은 없고 마음속에 메아리로 남아돌 뿐
구름은 하늘에 떠 있고
청풍은 수목 사이를 오가네

잠시 마음 가다듬고
한 마음 열어 살피니
현자의 흔적은 찾을 길 없고
염화미소의 마음 전함도 없네

성스러운 땅에 발 딛고 사방을 둘러봐도

찾는 가르침은 마음속에 맴돌고
글자 없는 경전만 펼쳐 보이네

*영취산 : 인도 라즈기르에 소재(붓다 법화경 설한 곳)

염불 공양

우리 집 안방에는
쉼 없는 염불소리

반야심경
천수경
금강경
관음보살 정근
신묘장구대다라니
천지팔양신수경

마음 가다듬는 시간은 염불이 되고
자장가로 들릴 때는 염송이라네

나무아미타불
관세음보살
나무아미타불
관세음보살

나를 위한 기도

당신을 위해 어둠을 밝히는 모닥불이 되리라
(모든 곳을 비추는 광명의 법신불처럼)
믿음과 사랑으로 가득 찬 가슴 활짝 열고
영원한 진리의 등불로 거듭나리라

당신을 위해 활활 타는 모닥불이 되리라
(지혜를 일깨우는 진리의 보신불처럼)
열정과 사랑으로 충만한 열기를 품고
주어진 삶을 아낌없이 불태우리라

당신을 위해 꺼지지 않는 모닥불이 되리라
(인연 따라 중생을 교화하는 응신의 화신불처럼)
배려와 사랑으로 이어지는 불꽃의 춤사위로
행복과 사랑을 전하며 아름답게 노래하리라

소를 찾는 일

책가방을 내팽개치고 나면
소를 찾으려 뒷산 소마당 가는 일이 일과였다
넓은 산마루에 서둘러 올라서면
동네 소들이 저만치 한 데 모여
한가하게 풀을 뜯다 되새김질하는 모습에
어린 마음에도 느껴지던 신심

소는 산속 어딘가 가까운 곳에 있음을 알기에
해가 저물면 소를 찾아
함께 집으로 돌아가리라 생각하고
망아지처럼 어울렸던 개구쟁이들의 순진한 마음

그때는 소를 믿는 마음에
소도 자유롭고 나 또한 그러했다 싶은데

인제 와서 소를 찾는 일(尋牛)을 도에 비기니
결코 쉽지 않은 가르침에 힘겨워지고
어릴 적 소마당에서 자유롭게
소와 함께 어울리던 그때가 그립기만 하네

죽비 맞으며

선한 눈 지그시 감고
두 손 가지런히 모아
들이쉬고 내쉬는 숨결 헤아리며

보이는 것
들리는 것
스미는 것
느껴지는 것
스치고 닿는 것

그 대상들을 외면하며
비움과 내려놓는 수행에도
마음은 경계를 넘지 못해
파도를 타는 순간

갑작스러운 죽비 세례에
다시 나로 돌아오네

산사의 새벽

산사의 새벽은 사물이 깨운다
삼천대천세계 온 누리의 적막을 뚫고
부처님의 복음을 전하는 범종(梵鐘) 소리

달빛 걸린 대웅전 처마 끝
풍경마저 따라 울고

장삼 입은 스님의 손놀림에
목어(木魚)가 살아서 날뛰다 숨 고르니
장단 맞춰 울리는 법고(法鼓) 소리에
번뇌 벗어던지고 해탈의 길 인도하니
날짐승조차 운판(雲版) 소리에 깨어나는 여명

법당에선 스님들의 독경 소리
밖에서는 탑돌이에 정진하는 보살님들

이 산사에도 천년 세월이 오고 가건만
진리의 가르침에 눈 못 뜨는 중생들
석탑에 켜진 촛불의 애타는 눈물처럼
가없는 설법만 하늘 끝에 맴도네

마음과 프리즘

빛이 없으면 세상은 암흑이고
생물은 살 수 없으니
그렇듯 빛은 광명이고 생명의 근원

인간의 눈으로 보면 빛은 무색이고
프리즘을 통과하면 파장에 따라
무지개처럼 분광하니
색즉시공 공즉시색

모든 물체가 제 색깔을 갖는 것은
그 물체의 특성에 따라
분광된 파장을 흡수 반사하는 양에 의해 결정되듯
중생은 저마다 성품이 달라 삶도 다르고

실체의 세상만사가 빛과 색의 이치이거늘
프리즘과 같은 마음의 작용이 없다면
안이비설신의와 색수상행식이 무슨 소용이겠는가

빛은 광명이요 진리의 대명사
마음의 빛은 삼천대천세계를 감싸도 그늘이 없다네

회갑선물을 받고 보니

부처님과 인연지은 회갑선물 받고 보니
삼불상(三不像)의 목각불상

남의 잘못 보려 말고 자신을 되돌아보라는
두 눈 가린 불견상(不見像)
선악을 따지지 말고 평정심을 잃지 말라는
두 귀 막은 불문상(不聞像)
나쁜 말은 하지 말라는
입 막은 불언상(不言像)

선인들이 이르시길
한 눈 감고 바라보고
한쪽 귀로 듣고, 한쪽 귀로 흘리며 사는 것이
세상살이 편하니라 하시길래

그러고 산 날들 되돌아보니
온전한 세상 두고 헛산 듯 느껴지고
가진 것도 못 누려 제구실 아쉬운데
그것도 모자라서 이 선물을 주시는가

나무아미타불
나무관세음보살

새
하
얀
고동소리

제**9**부

여행, 견문, 지구

— 세계를 사랑하며

하노이의 일출/ 중국 소삼협을 지나며
열기에 찌든 열차 속에서/ 장강에 비 개니/ 뉴질랜드 밀퍼드 사운드에서
소봉호 선상에서/ 상하이 루쉰공원에서/ 필리핀 바타안의 일출
산정호수/ 명사산과 월아천

하노이의 일출

향긋한 풀내음이
긴 밤에도 식지 않은 열기에 묻어나고
낯선 나그네 발걸음에 놀라 깬
풀벌레가 그 존재를 알린다
누가 가꾸는 정원일까

큰 잎사귀를 늘어뜨린 야자수들
뜬구름 머리에 인 가까운 산의 실루엣
그리고 바다에 떠 있는 작은 섬들
그들과 맞닿은 하늘이 온통 붉은 빛으로 물드는 시간

장엄한 태양이 열기를 뿜어댈
한낮을 위한 여명이 천지에 퍼진다

나그네여
남국의 서사시를 듣는가
역사의 수레바퀴는 돌아도
새벽은 늘 변함없이 밝아오는데
왜 그들은 이곳에서 전쟁의 축제를 벌였을까
저 짙은 아침의 붉은 빛은
그 축제의 제물이 되어 사라져 간 혼빛인가

중국 소삼협을 지나며

산 돌아 나서면
또 산이 다가오네

부닥칠 듯
장엄한 깎아지른 절벽들

천신이 빚었어도
어이 저리 기이할꼬

수천 년을 두고두고
다듬은 걸작인데
지나가는 나그네가
무슨 말을 하리오

열기에 찌든 열차 속에서

40도를 웃도는 인도 대륙
콩나물시루 같은 열차 칸

"와가랑 가랑빠."
카레 향이 풍기는 밥내음 풍기며
발 디딜 틈도 없는 통로를
용케도 비집고 다니는 장사치들

"어 이지스라두."
한 아이 과자 봉지를 흔들고 지나가고
"코피가랑 나이스코피."
한 여인 냉커피를 가슴에 안고
"파니 쿨리."
또 한 사내가 펩시콜라를 쳐든다

"아 차라 빠와라."
카스텔라 장사치를 뒤따라
"아 차이."
인도 전통차를 파는 두건 두른 사나이의 외침

"사마세 제랄 사마세."
이번에는 무엇을 파는지도 모르겠다

땀 냄새 풀풀거리는 열차 속을
끊임없이 비좁게 다니며
삶을 위해 투쟁하는 그들

차창 밖은 넓고 광활하건만
열차 속은 아수라장이라
시달리고 지친 여행객은 주문을 왼다
"오, 열차여! 빨리나 가주렴."

*인도 뉴델리에서 뭄바이까지 열차 여행 중

장강(長江)에 비 개니

한 줄기 소낙비 지나간 뒤
강 위에 자욱하던 운무도 걷히고

단비에 씻긴 검푸른 바위산 너머로
흰 구름으로 가렸던 먼 산들
오랜만에 그 자태 예쁘다

닿을 듯 가까이 지나치는
수천 척의 암벽에는
하얀 실타래를 풀어 놓은 듯
아름다운 폭포수가 장관을 이룬다

뱃전을 훑고 지나는 물결
그 율동이 아름다울세라

이곳을 지나는 나그네들아
옛사람의 흔적이 보이는가

그 강물은 흘러간 지 옛날이고
비, 구름, 바람 머물러 있은 지 오래지 않거늘
우리 또한 흔적 없이 지나가세나

뉴질랜드 밀퍼드 사운드에서

빙하가 깎아 만든 피오르
크루즈선에 올라 협곡을 누빈다

하늘은 더없이 푸르고
채색을 달리한 나무들이
조화로운 숲으로 병풍을 두른 듯

멀리는 순백의 만년설을 인 우람한 산들
머리맡엔 수백 척 암벽을 타고 내리는 폭포수

맑고 깊은 숲속의 호수에 드리운 산 그림자
짝을 이룬 물오리들의 평화로운 유영

누가 이 장엄한 풍광을
제대로 읊으리

소봉호(小峰號) 선상에서

대륙을 가로질러 6천 킬로미터
수천 년을 거르지 않고 흐르는 강
닷새 낮밤을 강상(江上)에서 보내나니

넓다고 여길 즈음 좁아지는 강폭
급했다 도도했다를 반복하는 강물

무너질 듯 가파른 절벽 아래로
막히는가 싶으면 앞이 트이고

변화 많은 수로 따라 뱃길은 멀고
선상에 앉은 객은 시인이 되네

구름 가고 산 가고 바람은 가도
그 시절에 지나갔던 길손인들
저 밤하늘 달과 별을 외면하진 못했으리

월하강상 일엽편주 곱기도 한데
그 시절 옛사람은 어디로 갔나
술 있고 객 있으니 그대 그립소

        *양쯔강 : 중국의 장강

상하이 루쉰공원에서

나라 잃은 민족의 설움에
핏빛 가득한 분노로 물들인
이곳 홍구공원에도 겨울이 왔네

엊그제 파랗던 잎새들이
잠시 꽃 피우고 열매 맺나 싶더니
이제 낙엽 되어 땅 위에 뒹구네

누가 인생을 낙엽에 비유했던가
세월의 변화를 누가 탓하랴

인생을 덧없다고 노래하는 이여
조국을 위해 산화한 이들께 물어나 보오

병든 세상을 일깨우고
나라 잃은 서러움에 몸부림치던
한 시대를 대변한 영웅의 숨길이 느껴지는지

누구나 누리고 싶은 평화롭고 자유로운 삶
전쟁을 즐기는 자들은 누구인가

*루쉰공원 : 중국 상하이시 소재. 윤봉길 의사 사당이 있는 곳

필리핀 바타안의 일출

필리핀 루손섬 동쪽 반도의 한끝에 서서 새벽을 맞는다
향긋한 풀내음이 긴 밤에도 식지 않은 열기에 묻어나고
낯선 나그네 발걸음에 놀라 깬 풀벌레가 그 존재를 알린다

누가 그린 그림일까
큰 잎사귀를 늘어뜨린 야자수들을 머리에 인 가까운 산의 실루엣
그리고 멀리 바다에 떠 있는 작은 섬들의 고요
그들과 맞닿은 하늘엔 온통 붉은 빛으로 칠해 놓았다

장엄한 태양이 열기를 뿜어댈 한낮을 위한 전주곡이
바타안 만에 울려 퍼진다

나그네여
남국의 서사시를 듣는가

역사의 수레바퀴는 돌아도
새벽은 늘 변함없이 밝아오는데
왜 그들은 이곳에서 전쟁의 축제를 벌였을까

저 짙은 아침의 붉은 빛은
그 축제의 제물이 되어 사라져간 혼의 빛인가

산정호수(Heaven Lake)

중국 서부의 가장자리를 지키는
3천 킬로미터의 톈산산맥을 따라
실크로드를 지나다 보니
서역 땅 이곳에도 천지가 있네

해발 7천 미터의 고산에 있어
하늘의 연못이라 칭하네

만년설 머리에 이고 앉은 고봉 아래
푸른 초원 펼쳐진 산기슭에
이리도 아름다운 자태라니

마치 목욕 마친 선녀가
하늘에 떠가는 흰 구름 타고
파란 호수에 동화(動畵)를 그리는 듯

만년을 두고 저럴진대
내 마음 잠시 적시고 간들 누가 알려나

*서역 : 중국 톈산산맥이 있는 신장 웨이우얼 자치구역

명사산(鳴砂山)과 월아천(月牙泉)

황금빛 모래로 뒤덮인
끝없는 타클라마칸 사막
그 위로 이어진 실크로드

자고나면 생긴다는 모래산이
바람에 무너져 내리는 소리가
천둥소리처럼 들린다는 죽음의 땅

그 사막의 한복판에
2천 년 역사 속에 마른 적 없다는
초승달 모양의 오아시스 월아천

장구한 세월을 두고
동서양 문물 나르며 지났던 주인공들이
목을 축였던 생명수

오늘 이곳에 와서 낙타도 타고
열기 치솟는 사막길을 걸어보며
그들의 숨결과 남긴 발자국 찾아보건만
거센 모래바람 속에 묻혀 버린 흔적들

덧없는 세월에 무상한 변화
한없이 열린 시공간을 따라
저 이글거리는 태양만이
내일도 이 모래 산의 신화를 쓰고 있으리

*밍사산(鳴砂山) : 중국 실크로드의 둔황에 소재

새하얀 고동소리

·

지은이 / 박경기
발행인 / 김영란
발행처 / **한누리미디어**
디자인 / 지선숙

·

08303, 서울시 구로구 구로중앙로18길 40, 2층(구로동)
전화 / (02)379-4514, 379-4519
Fax / (02)379-4516
E-mail/hannury2003@daum.net

·

신고번호 / 제 25100-2016-000025호
신고연월일 / 2016. 4. 11
등록일 / 1993. 11. 4

·

초판발행일 / 2023년 8월 5일

·

ⓒ 2023 박경기 Printed in KOREA

·

값 10,000원

·

·

ISBN 978-89-7969-876-3 03810